이 책을 읽는 법

최초에 당신은 닫혀 있는 당신의 마음부터 열어야 합니다. 교과서에서 배운 제반 고정관념도 버리십시오.

이 책은 물속에서 일어나는 일입니다. 당신의 모습이 여기에 거꾸로 비쳐도 결코 노하지 마십시오.

사람들의 말소리는 모두 거꾸로 인쇄되어져 있습니다. 그러나 책을 거꾸로 돌리지 말고 당신의 위치를 바꾸십시오. 자유로운 것은 바로 당신이니까요.

사부님 싸부님

이외수 우화상자

사부님 싸부님 2

해냄

* 물 속에 등장하는 당신의 모습들

하얀 올챙이 한 마리

까만 올챙이 다수

해와 달 그리고 별

가물치, 뚝지, 피라미, 끄리, 기름종개, 거머리, 뱀장어, 잠자리 유충, 꺽지, 달팽이, 잉어, 금붕어, 줄납자루, 붕어, 송사리, 미꾸라지, 달팽이, 물땡땡이, 물풀, 가로수와 허수아비, 소쩍새, …… 그리고 바다.

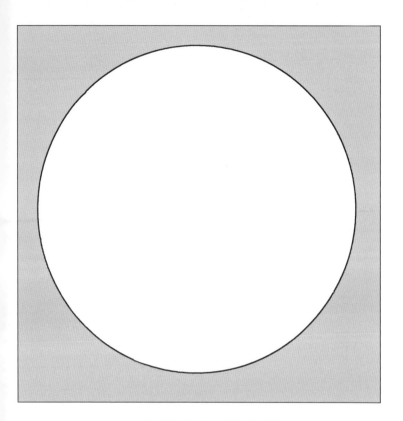

텅 비어 있다고 말하지 말라.

텅 비어 있는 것은 곧 가득 차 있는 것이다.

그렇다면 이것은 어떻다고 말해야 옳은가.

깨달음에 있어서는 모름지기
문(文)은 난(難)하고
체(體)는 이(易)한 것인즉
그대 스스로 직접 이 속에 한번
들어앉아보시라.

하지만 거듭 강조해서 말해 두노니

우선 견고한 그대 관념의 갑옷부터 벗어던지고 볼 일이다.

밤하늘의 고기떼!

터무니없는 광경이라고 비난치 말라.

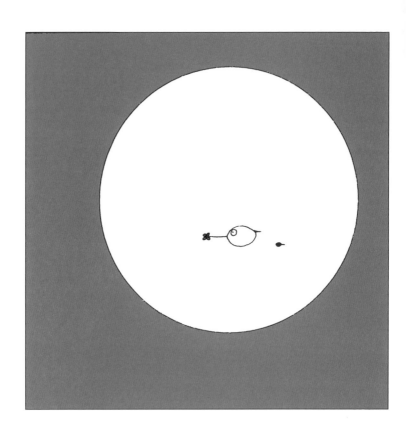

마음 안에서 일어나는 일들을 어찌 육안으로만 판단하리.

인간들은 자신들이 딴에는 굉장한 존재들인 것처럼

생각하는 모양이지만

인간들이란 얼마나 많은 맹점들을 가지고 있는 동물인가.

얼굴에 붙어 있는 두 개의 육안으로는

너무 느리게 움직이는 것도 볼 수가 없고

너무 빠르게 움직이는 것도 볼 수가 없다.

너무 거대한 것도 볼 수가 없고

너무 미세한 것도 볼 수가 없다.

뒤에 있는 물체는 몸을 돌리지 않고서는 전혀 볼 수가 없다.

사실 인간은 부분 장님이 아니면 청맹과니에 불과하다.

그래서 겨우 생각해 낸 것이 어안 렌즈.

바로 물고기의 눈에서 힌트를 얻은 것이다.

물고기는 몸을 돌리지 않고도 전후좌우를 모두

볼 수가 있다.

그 점에서는 개구리도

물고기와 마찬가지다.

그런데도 눈으로 직접 보지 않은 것은

절대로 믿으려 들지 않는 이유가 무엇인가.

눈도 변변치 않으면서!

여기 허공을 떠다니는

먼지 한 점이 있다고 생각해 보자.

육안을 통해서는 절대로

그 먼지의 내부를 들여다볼

수가 없다.

그러나 마음의 눈을 통해서

들여다보라.

먼지 또한 하나의 우주임을

알게 되리라.

마음의 눈을 통해서 들여다보면
먼지 속에도 그대가 육안으로는
본 적이 없는 무한 공간이 있고
은하계가 있고 태양계가 있고
달이 있고 별이 있음을 알게 되리라.
시(詩)가 있고 아침이 있고
꽃이 있고 그리움이 있음을
알게 되리라.

그러나 먼지만이 어디 우주이랴.

언제나 작은 것 속에는 큰 것이 들어 있고
하찮은 것 속에는 고귀한 것이 들어 있으되
단지 우리가 그것을 보지 못하고 세상을 떠남이라.

그대여

부귀와 영화, 권력과 금력, 직함과 명예,

온갖 형이하학적 무늬들로 인생이 거창하게 장식되어져 있는

분들을 결코 부러워 말라.

그대들은 한평생 무엇을 바라고 여기까지 헤엄쳐 왔는가.

번쩍거리는 비늘과 우아한 지느러미

겉으로 보기에는 그럴듯도 하다만

영혼의 내장 속에 가득 들어차 있는 탐욕 뒤의

똥과 밥찌꺼기

양심이 썩는 냄새가 역겹기만 하도다.

어디로 시선을 두고 있는가.

가장 크고 값진 것은 그대 자신의 마음 안에 있는 것을.

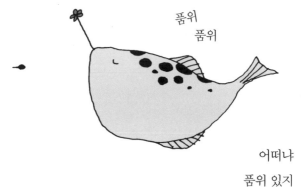

품위
품위

어떠냐
품위 있지

똑같은 꽃을 물고 있는데도
싸부님과 어찌 이리 다를까.
꼭 되지 못한 녀석이
담배를 피우고 있는 것 같군.

이렇게 사는 것도 아니라고
언제나 입버릇처럼 되뇌면서도
시간에 쫓기고 일에 쫓기는 인간사

나는 하나도 부러울 것이 없네.
일도 시간도 자신이 경영해야 하는 법
그것들의 노예가 되다니
말이나 되랴.

물 흐르는 대로 흘러 다니며
마음 자리 찾아 헤매는
이 보람된 일.
마음 문 닫힌 이들아
한 번쯤은 눈여겨보라.

우리가 세상에서
탐닉하였던
모든 것이
헛되고도
헛되도다.
이 헛된 생애가
끝나고 나면

우리는
어디서 무엇이 되어 다시 만나랴.

강원도 어느 산골의 작은
웅덩이에서 태어나 저수지로 왔던
한 마리의 하얀 올챙이는 이제
바다로 가기 위해 저수지의 수문을 통과했도다.
정들었던 물고기들이여 부디 안녕을.
그러나 가물치여
너만은 좀 반성해 다오,
네가 저질렀던 폭력과 살생에 대해서

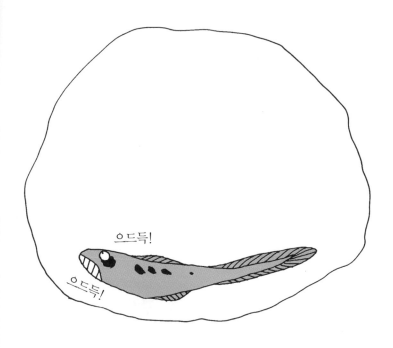

어휴 내 기어이 저걸 먹어치우지 못하는구나.

농약 냄새 지독한 봇도랑을 지나

캑캑

공장 부근의 오염된 하천
인간들로부터
집단독살을 당한
물고기들을 보며

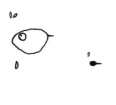

우리는 오직 강인한 정신력과
바다에 대한 열망으로
죽음의 낮과 밤을 견디면서
가까스로 지친 유영을
계속해 나갔다.

그리고 우리는 강을 따라 한참을 떠내려가다가
생판 들어본 적조차 없는
기이한 세계 하나를
만나게 되었다.

얼마나 충격적이고
놀라운 세계였던지
싸부님께서도
꿈인지 생시인지
분간을 할 수 없다는 듯한
표정이었다.

알고 보니 여기는

인간들이 댐을 막은 뒤에 생겨난

광대무변의 인공호수이며

물고기들의 신흥 대문명국(新興 大文明國)이라

불려지는 곳이었다.

40

물결조차 고요하여
달이 둥근 밤.
가까이 귀기울여
들어보면
뭍에서 들리는
소쩍새 울음
새도록 슬프다.
무슨 까닭 있을까.
물에 잠긴 고향을
차마 못 잊어
누군가 죽어서
소쩍새되고
밤이면 날아와
우는 것일까.

달이 차마 제 갈 길을
가지 못하고
텅 빈 어느 집
지붕 위에
머물러 있다.

여긴 우리들의 공부에
뭔가 도움이 될 만한 일들이
있을는지도 모르겠다.

견문도 넓힐 겸
충분한 기간 동안 여기
머물러보기로 하자
정말 이상한 곳도 다 있구나.

그래요. 저도
오래 살다 보니까
별 희한한 구경을
다하는구나 싶어요.

여기는 인간들이 남겨놓은 여러 가지 물건들이 있어서 두뇌가 뛰어난 물고기들은 거의가 인간연구에 전심전력을 기울이고 있었다. 그들의 연구 결과는 정기적으로 여러 물고기들에게 발표되어지고 있었으며 대개의 물고기들이 인간들에 대해서라면 이제는 대충 알 만큼은 다 알고 있다는 듯한 표정들이었다.

비록 지느러미가 없어서

헤엄은 못 치지만

머리에 특수 안테나가

붙어 있는 달팽이

끈질긴 인내심으로
스물네 시간을
뭍에 인접해 있는
바위 위에 앉아 있다.

낚시꾼들의 잡담이나
라디오 소리를
도청하고 있는 것이다.

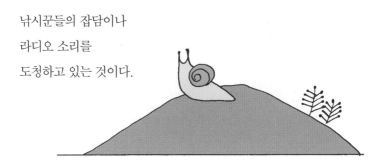

매시간 전령이 와서

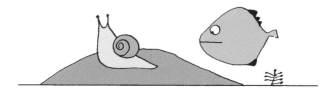

달팽이가 도청한
내용들을 받아 간다.

물고기들은 삽시간에
물 바깥에 있는 나라
안팎 소식들을
소상히 알게 된다.

일본에 대지진!

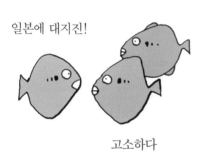

고소하다

아무래도 믿을 수가 없어.
김 아무개와 박 아무개가 간통사건으로
경찰에 입건되었다는
사실 말야.
유언비어가 아닐까?

달팽이가 심심해서
지어낸 얘기일는지도 몰라.
생각해 봐.
인간이 어떻게
간통을 하겠어.
도덕이 있고 법이 있는데.

마!
그러니까
인간이지.

자식, 괜히 신경질이야.

⁂

요즘 인간이 색과 돈을 밝힌다는 것쯤
누가 몰라?
법도 도덕도 우습게 안다는 것쯤
누가 몰라?

세태가 세태니만큼
나도 불신풍조에 물들어 있다구.
맨날 확인하는 게 버릇이 되어 그저 한번
그래 본 것인 줄도 모르고.

다른 곳보다는 몇 배나 많은
물고기들이 떼를 지어 몰려다니거나
한군데 모여 득시글거리는 광경들을 보라.
이것은 물고기들이 인간연구 세미나, 인간규탄 궐기대회,
인간학 강좌 따위를 자주 개최하기 때문이로다.

제가 연구한 바에 의하면
일부 기특한 사고방식을 가진 인간들은
우리들 물고기가 자신들의 조상임을
강력히 주장해 왔으며……

인간의 비윤도덕
만행을 규탄한다

그런데 여기 굉장히 우울한 물고기 한 마리가 있다.

이 물고기는 공장 부근의 어느 하천에서 살 때 공장에서 흘러나온 폐수로 인해 수백 마리의 물고기들이 떼죽음을 당하는 것을 목격한 뒤부터 줄곧 한 번도 웃어본 적이 없다고 한다.

인간이라는 단어만 머릿속에 떠올라도 모든 비늘이 경련을 일으킨다는, 신경성 인간 적대증에 걸린 이 물고기는 항시 죽은 동료들에 대한 복수심에 불타는 가슴을 억제할 길이 없다고.

그가 생각하고 있는 복수의 방법은 인간이 목욕을 할 때 입 속으로 들어가 지느러미에 있는 가시를 이용해서 목구멍에 걸리는 것인데 아직 한번도 기회가 오지 않았다고 한다.

그는 인간연구 세미나보다는
인간규탄 궐기대회 체질인데
어느 날 친구들의 권유로
인간연구 세미나도 듣게 되었다.
그리고 그것을 다 듣고 나서
비로소 다시 웃음이라는 것을
되찾게 되었다.

기분 좋다!

기분이 좋아서
까무러칠
지경이다.

인간연구
세미나에
참석하길
정말
잘했다.

인간도 결국은
반드시

죽고 만다는 사실이
나를 이렇게
기쁘게 만들다니!

그러나 물고기들이 떼죽음을 당하는 이유가 어디 공장 폐수 한 가지 때문이랴. 그물을 치고 독극물을 풀고 전기 찜질을 하고 돌땅을 놓고 주낙을 설치하고 물을 빼고 다이너마이트를 터뜨리고 보쌈을 놓고 그야말로 온갖 악랄한 방법을 다 동원하더라.

밤과 낮을 가리지 않고 눈이 오나 비가 오나 살생하는 일에 여념이 없더라.

특히 이곳 인공호수는 저수지보다 몇 배나 많은 낚시꾼들이 들끓어서 밤이 되면 간데라 불빛이 문자 그대로 불야성을 이루는도다.

하지만 누가 강태공의 마음을 알리.
모두가 조졸(釣卒)에 지나지 않을 뿐,
낚시에 구조오작위(九釣五作尉)라는 등급이
있다는 사실을 아시는지 모르시는지,
그저 잡는 일에만 정신이 팔려 있도다.
그럼 구조오작위란 무엇인가.

장기에 졸(卒) 사(士) 마(馬) 상(象) 포(包) 차(車) 궁(宮)이 있듯이 낚시에도 졸(卒) 사(肆) 마(麻) 상(孀) 포(怖) 차(且) 궁(窮)이 있다.

조졸(釣卒)은 문자 그대로 초보자.

조사(釣肆)는 방자할 사(肆)이니 목에 힘주기 시작하는 때.

조마(釣麻)는 홍역할 마(麻)이니 낚시에 열병을 앓는 때.

조상(釣孀)은 과부 상(孀)이니 낚시 가느라고 항상 마누라를 과부처럼 독수공방케 한다.

조포(釣怖)는 낚시에 두려움을 느끼는 단계.

조차(釣且)는 낚시를 끊었다가 다시 시작하는 단계.

조궁(釣窮)은 다할 궁(窮)을 써서 이제부터 낚시를 통해서 도(道)를 알기 시작하는 단계. 고기에는 관심이 없고 마음을 닦는 일에만 관심이 있다. 빈 낚시에 세월이 낚이는 단계.

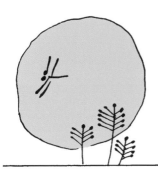

남작(藍作), 마음 안에 큰 바구니를 만들고

자작(慈作), 마음 안에 자비를 만들고

백작(百作), 마음 안에 백 사람의 어른을 만들고

후작(厚作), 마음 안에 후함을 만들고

공작(空作), 나중에 그 마음을 모두 비운다.

이 과정을 모두 거치고 나면 조성(釣聖)이나 조선(釣仙)이 되는 것

이니 이른바 낚시의 신선이 되는 것이다.

조졸, 조사, 조마, 조상, 조포, 조차, 조궁, 조선, 조성을 구조(九釣)
라 하고 남작, 자작, 백작, 후작, 공작을 오작위(五作尉)라고 한다.
그렇다면 그대는 어느 단계인가.
부디 조궁의 단계라도 되어주시라.

이 물고기를 보라.
불만에 가득 차 있는
표정이다.

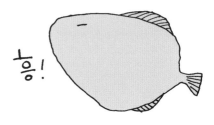

무엇이 그리 아니꼬운지

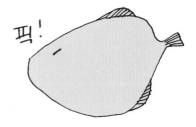

언제나 코웃음만 친다.

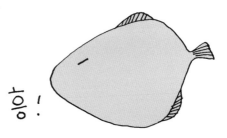

흥!

인간들 중에
공자라는 인물이 있었는데
뭐, 조이불망(釣而不網)이라고
했다던가?
흥!

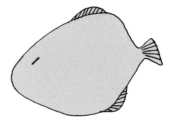

군자는 고기를 잡을 때
낚시질은 하되
그물질은 하지 않았다는
뜻이라는군.
웃기는 말이지.
공자의 도란 별게 아니야.

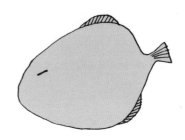

그가 오늘날 인간세상에 살아 있다면
이렇게 말했겠군.
군자는 살인을 할 때
총질은 하되
대포질은 하지 않는다고. 흥!

아무리 생각해도
이해가 안 가는 일이야.
인간은 다른 동물뿐만 아니라
인간끼리도 다량학살을
하는 모양인데

나 거머리는
먹고 살기 위해
남의 피를
착취할 뿐이지만

아니, 착취하는 것이 아니라
구걸할 뿐이지만
목숨까지 빼앗는 경우는 없지.

그것도 두 번이나 세 번 정도만
피를 빨아도
1년을 거뜬히 견디는데

인간은 무엇 때문에
날마다 서로 피를 흘리고
목숨까지도 빼앗는 것일까
먹을 수도 없으면서.

그러면서도 나 거머리를

징그럽다고 하다니

내가 생각하기엔

인간이 훨씬 더 징그럽다!

하지만 인간들이
농사를 짓는다는
사실만은
존경할 만해.

자신이 피땀 흘려 기른 것을
자신이 먹는다는 건
정말로
보람 있는 일이야.

물고기들의 세계에도
농사라는 게 있으면
좋으련만.

인간들이 하는 일 중에서
가장 우스꽝스러운 일이
바로 농사야.

물고기들의 세계에
농사라는 게 없다는 사실은
바로 신(神)의 축복
그 자체야.

우리들 육식성 물고기들이
기름종개나 미꾸라지를
가축으로 기른다고
생각하면
얼마나 끔찍한 일이야.

앗, 전방에
먹이 발견!

앗, 후방에
천적 발견!

도망치자.

서라!

당장 눈앞에 있는 것도
잡아먹기가 이렇게 힘든데
직접 길러서 잡아먹으려면

기르는 동안에 굶어 죽거나
울화통이 터져서 죽고 말 거다.

달려라!

서라!

너는 조금 전에 지나간

두 마리의 물고기들 중

어느 편이

쫓기고 있었다고

생각하느냐.

당연히 도망치던
놈이죠.

아니다, 두 놈 다 쫓기고 있었다.

싸부님도
무슨 농담의 말씀을.
뒤에 가던 놈을 추적하는
물고기는 없었어요.

쫓는 놈이 어찌 물고기뿐이더냐.
생존의 문제도
있지 않느냐.

한 놈은 먹히는 일에 쫓기고
한 놈은 먹는 일에 쫓기고 있었느니라.

두 마리의 올챙이는 며칠 동안 이곳의 수압과 수온 따위의 환경변화에 적응력을 키운 다음 어느 정도 생활이 안정되자 광막한 인공댐호를 두루 구경하기 시작했는데 몇 년 동안을 돌아다녀도 다 구경할 수가 없을 정도였더라.

물 속에도 산이 있고 물 속에도 마을이 있고 물 속에도 신작로가 있고 물 속에도 가로수가 있더라.

그러나 그 모든 풍경들은 수장되어진 채로 고요할 뿐, 마치 시간의 거대한 무덤을 보는 듯한 느낌을 불러일으키는 것 같았도다.

이곳에 살던 인간들은 모두 어디로 가 있을 것인가.

문득 인간에 대한 연민을 느끼게
만드는 풍경들도 한두 가지가 아
니었도다.

까만 올챙이의 일기

싸부님을 모시고
관광여행을 떠났습니다.

진풍경이 한두 가지가
아니었습니다.

뱀장어가 요강에
들어가 있습니다.
소변을 보는 것일까요.
아닐 것입니다.
머리를 처박고 있는
것으로 보아 토하고
있는 모양입니다.

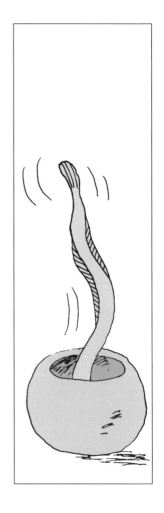

늘어진 빨랫줄을 물고
물고기 한 마리가
매달려 있습니다.
아마 저 빨래는
영원히 마르지
않을 것입니다.

이런 건 정말
여기서만 볼 수 있는
이상한 풍경입니다.

뭘 알고나 이러는지
모르겠군요.

연목구어(緣木求魚)가
부당하다니
천만의 말씀.
여기서는 얼마든지
가능한 일이죠.

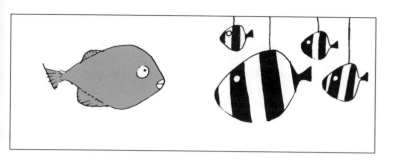

어느 탁아소의 천장
여기서도 가짜가
판을 칩니다.

술병 속에서 자란
물고기입니다.
너무 게을러서 이렇게
된 것이랍니다.
플랑크톤이
들어와주기만을
기다리고 있습니다.
자기는 그 속에서
도를 닦는다고 말하지만
도통해도 별볼일이
없을 것 같습니다.

미꾸라지 용 된다는
인간들의 속담을 믿고
승천하기만 기다리고 있는
미꾸라지를 만났습니다.
싸부님께서는 그에게
소크라테스의 말을
들려주었습니다.
너 자신을 알라.

어느 가정집
버려진 어항 속에
금붕어 한 마리가
들어 있습니다.
역시 피는 못 속이는
모양입니다.

우리는 여행을 하다
날이 저물어
여인숙이라는 간판이
붙어 있는 인간들의
빈 집에 들어가
잠을 청하기로 했습니다.

어느 방에 들어가니까
물고기 한 마리가 이상한
고무제품을 뒤집어쓰고
있었습니다.
싸부님께 어디다 쓰는
물건이냐고 물으니까
애들은 몰라도 된다고
다른 때보다 몇 배나
점잖은 표정으로 말했습니다.
도대체 뭘까요.

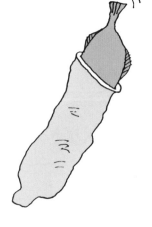

하여튼 오늘 여행은
정말 재미있었습니다.

끝

여행 중에 무엇을
깨달았느냐.

세상에는 별놈들이
다 있다는 것을 깨달았어요.

그 별놈들이 너를 보고
세상엔 참 별놈도 다 있다고
말하면 어떻게 하겠느냐.

그럴 리가 없어요.
저는 언제나 정상이니까요.

그렇게 말하는 순간에
네 스스로가 비정상임을
드러내었다는 사실을
알아야 하느니라.

이해가 안 가는데요.
싸부님.

정상이란
정상일 때도 있고
정상이 아닐 때도 있는
것이기 때문이니라.

이 동네도 인간연구 세미나로군요.

하지만 싸부님.

바다라든가 도(道)에 관한 얘기는
아무도 말하지 않는군요. 우리와는
차원이 너무 다른 것 같아요.

여기 오니까 더욱

고독해지는 듯한 기분인데요.

혼자 있어도 고독하고

싸부님 곁에 있어도
고독하고

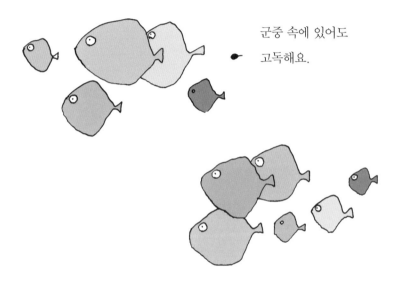

군중 속에 있어도
고독해요.

고독이란 누구에게나 있는 병이지.

나도 한때는 그 병에 걸려

자살까지 생각해 보았던 적이 있단다.

하지만 결국은 치료법을

알아내고야 말았지.

고독에서 벗어나는 유일한 방법은

스스로 더 큰 고독 속으로

뛰어드는 수밖에 없는 거란다.

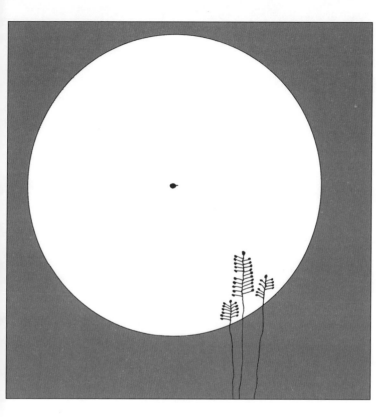

더욱 고독한 고독을 위하여.

저는 주로 인간들의 부정부패를
연구하는 물고기입니다.
오늘 제가 여러분들께 발표해 드
릴 연구논문의 주제는 항문화된
인간의 학문에 대한 단편적 고찰
입니다.

우선 생물학 박사학위를 돈 주고
사들인 어느 인간에 대한 얘기부
터 시작하겠습니다.
그는 돈으로 박사학위를 사들이
기 위해 엉터리 논문이나마 제출
할 필요가 있었는데 그 논문의
제목은

물고기 지느러미의 이색적 기능에
관한 연구였습니다.
그의 실험방법을 소개해 드리겠습
니다.
아, 저는 이가 갈리기 시작합니다.

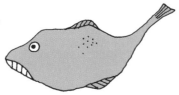

실험1

건강한 물고기 한 마리를 잡아서
어항 속에 넣고

확성기를 사용해서 큰소리로 명령했다.

헤엄쳐라!

물고기는

헤엄쳤다.

확성기를 제거하고
보통 대화하는 투의 육성으로
명령했다.

헤엄쳐라!

물고기는
헤엄쳤다.

귓속말로 명령했다.

헤엄처라.

역시 물고기는 헤엄쳤다.

실험2

물고기의 지느러미를 모두 잘라낸 다음
확성기를 사용해서 헤엄치라고 명령했다.
물고기는 헤엄치지 않았다.
보통 대화하는 투의 육성으로 명령했다.

물고기는 헤엄치지 않았다.

귓속말로 명령했다.

역시 헤엄치지 않았다.

결론

물고기는 지느러미를 자르면
소리를 들을 수 없다.

알았어요.

저는 비로소 위대한 진리를 깨달았어요.

하나를 가르쳐주면 열을 아는 천재,

그게 바로 저 아니겠어요.

이제 저는 더 이상 싸부님께 배울 게 없어요.

올챙이는 꼬리를 자르면 귀가 멀고요.

개구리는 다리를 잘라야 귀가 멀지요.

그뿐인 줄 아세요?

인간에 대해서도 이제는 아주 잘 알고 있죠.

인간은 고막을 터뜨리면

모든 운동신경이 마비된다구요.

저는 이제 환속하겠어요.

속세로 가서 중생구제에 전념하겠어요.

나는야 깨달은 올챙이
생물학 박사도 별게 아니었구나.
칼과 돈만 있으면 되는구나.
칼은 한자어로 도(刀)라 한다지.

누군가 내게 물어보시라
도(道)란 과연 무엇이냐고.
나는 이렇게 한마디로
대답하리라.

도 자 밑에 니은 자 하나
붙여보라고.
가련타 저 중생들
돈 놓고 도 자도 모르다니
낫 놓고 기역 자인들 어찌 알랴.

네 이놈!

똑바로 한마디만 말해라.

도(道)란 무엇이냐.

고민 주시네.

그냥 빈정거려본 걸 가지고

진지하게 나오시면

어떻게 해요.

벌써 세속에 물들었구나.
남의 단점만을 보는 것은
나의 단점만을 키우는 일.
사흘 동안 저기서
근신토록 하여라.

하루

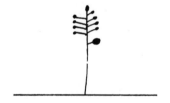

이틀

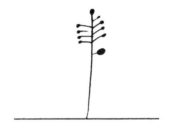

사흘

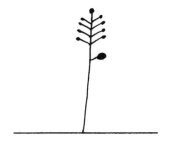

여기 금붕어라는 이름의 물고기가 있도다.

언제나 배는 탐욕에 가득 부풀어 있고, 눈은 이기심으로 툭 불거져 있으며, 뿐만 아니라 항시 아부 근성을 감추지 못하고 꼬리를 살랑거리는도다. 게다가 허영심에 들떠서 몸치장은 또 얼마나 요란한가. 언제나 뻐기고 싶어서 안달이 나 있도다. 행동은 점잖은 척하지만 그건 나태에 불과한즉, 암컷이건 수컷이건 모두가 마찬가지로다.

자신의 이름 앞에

금(金)자가 붙어 있다는 사실 때문에

자만심 또한 이만저만이 아니로다.

내가 어때서!

온다

저것들이 그냥
지나쳐 가네.
우아함이
뭔지도 모르는
속물들 같으니!

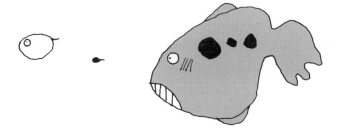

자존심이 상해서
견딜 수 없다!

부르셨습니까

그래 불렀어.
늬들은 날 보면
뭔가 느끼는 게
없냐.
황홀하다든가
부럽다든가.

있겠지. 있겠지.
어서 말해 보렴.
되도록이면
감탄사와 과장법을
많이 쓰는 게 좋아.

느끼는 게
있기는
있지요.

인간들의 눈이란 것이

얼마나 야한 것을 좋아하면

당신 같은 물고기를 조작해 내었을까요.

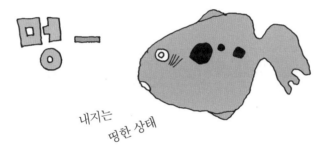

멍-

내지는
멍한 상태

캬아악!
저런 잡스러운 동물들이
다 있다니.
숫제 무식이 운동장에서
미식축구를 하고
유식이 벤치에서 휴식을
취하고 있는 놈들이로군!

내가 어때서!
내가 어때서!
내가 어때서!
내가 어때서!
내가 어때서!

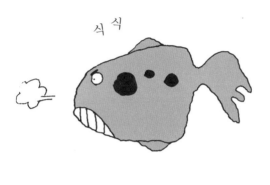

금붕어여 금붕어여 한심하구나.
겉으로 드러나 있는 그대 아름다움
눈 한 번만 감으면
그 즉시에 사라져버리는데
드러내고 자랑할 바 하나 없도다.

진실로 가꾸어야 할 것이
무엇인지 생각해 보라.

겉으로 드러나 있는 그대 아름다움
눈 한 번만 감으면
그 즉시에 사라져버린다 해도
그대 마음이 만약 아름다우면
천만 번 눈을 감아도
사라질 턱이 없도다.

여기 깡통이 하나 있으니
구토하라.
우선 스스로에 대해서 구토하고
그다음엔 자신이 자랑삼아 왔던 것들에 대해
구토하라.

나는야 꺽지라는 물고기
떠꺼머리 총각이었네.
내가 살던 곳은
물살이 느리고 수질이 깨끗한
어느 하천.

다리나 축대나 돌 밑에서 단독으로 서식하다가
어느 날 아리따운 아가씨를 만나 결혼하였네.
때가 되어 내 아내는 수초에다 산란을 했고
적당한 시기에 그것들은 부화하였지.
나는야 누구보다 자상한 아빠
언제나 알과 치어들 곁에서 떠나지 않았네.
그런데 어느 날 갑자기
인간으로부터 돌땅을 맞았지.
전기 찜질도 당했지.
오전과 오후 하루 만에 생긴 일이었네.
그 바람에 내 가족은 모두 죽고
나만 홀로 외톨이가 되어 여기까지 흘러왔네.

돌땅과 전기 찜질 때문에
나는 기억(記憶)도 상실하고
기억(ㄱ)도 상실했지.
그래서 꺽지가 아닌 어지가 되었네.
꺽지→기억 상실→어지

뭐 때로 기억이 되살아날 때도
있기는 하지만
기억만은 영원히
되살아나지를 않네.

도라이

도라이

이 세상에 기억이 없다면
어떻게 될까.
거미는 어미가 되고
개이빨은 애이빨이 되고
물고기는 물오이가 되지.

나는 날마다 내 가족들 그리면서
기역이 빠진 말을 외치고 다닌다네.

내 아조을
돌려다오

내 아조을
돌려다오

애야

네 싸부님.

우리는 무엇을 위해
여기 왔느냐.

바다로 가기 위해
왔습니다.

그렇다면 이 호수에서
바다를 아는 자가 있는지
한번 알아보거라.

　　　　　　네 싸부님.

바다를 아시나요?

인간도 죽는다.
으하하하!

바다를 아시나요?

응!

바다를 아시나요?

우선 미적 감각부터 길러라 얘.

바다를 아시나요?

그런 환상적인 나라가
있다는 건
믿을 수 없어.

바다를 아시나요?

다 썩었지.

바다를……

내 아쪼을
돌려다오

바다를

아신다고요?

알고 말고.

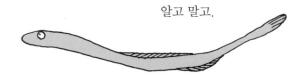

댐만 막히지 않았다면
지금쯤 나는
바다에 가 있었을 거다.

바다엔 별의별 생물들이
다 살고 있지.

싸부니이임 —

싸부니임

싸부님

헐레

기뻐해 주옵소서

벌떡

제자 마침내

헐레벌떡

바다에 대해서

모르는 게 없을 정도가

되었나이다.

우선 가장 황홀한 이야기부터
시작하겠사오니
귀담아들어주옵소서.

바다에는 죠스라 일컬어지는
백상어가 있는데
인간을 닥치는 대로
잡아먹는다 하옵니다.
얼마나 존경스러운지
절로 흠모의 정이 샘솟는 동물로
사료되나이다. 죠스의 이빨은……

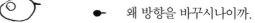

아니, 싸부님.

왜 방향을 바꾸시나이까.

그만두어라.
네가 알고 있는 바다 중에서
그게 가장 황홀한 이야기라면
나는 더 이상 듣고 싶지 않구나.

그럼 모비딕에 대한 얘기를
해드릴까요?
흰고래 얘긴데요.
죠스, 모비딕 모두
싸부님처럼 백의민족인데요.

그만두라고 하지 않았느냐.
그것들은 모두
바다에 떨어져 있는
부스럭지에 불과한 것.
내가 알고자 하는 바다와는
너무나 거리가 멀다.

네가 진실로 내 제자가 되려거든
인간에 대한 증오심부터
버려야 하느니라.

누구를 겨냥해서 쏜 증오의 화살이든
그 화살은 반드시
되돌아오기 마련이니
아예 활도 화살도
마음 안에 없는 것이 이로우니라.

인간에 대한 증오조차
없다면
무슨 낙으로
이 험한 세상을
헤엄쳐 다닌담!

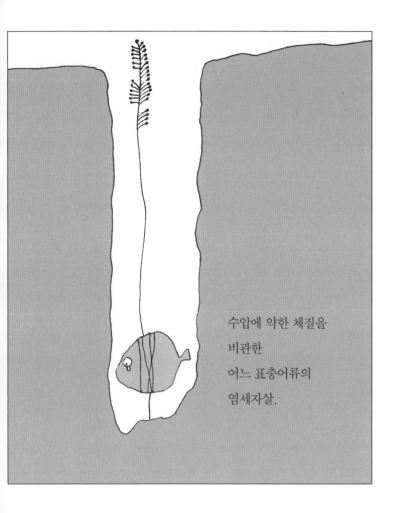

수압에 약한 체질을
비관한
어느 표층어류의
염세자살.

휴!
정상까지
다 올라왔군.
기분도
그렇지 않은데
노래나 한 곡조
불러볼까?

기도하는

오빠,

싸인 좀 해주세요.

모르겠군.

언제 올챙이가 달팽이와
남매지간이 되었는지.

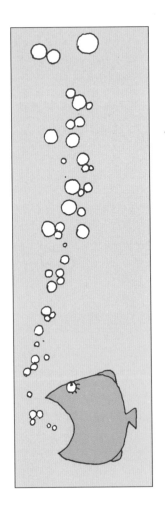
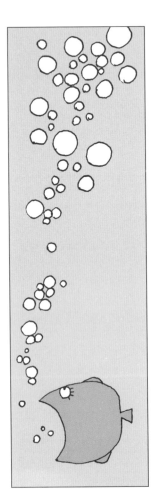

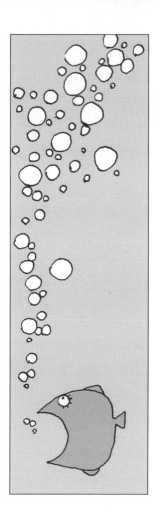

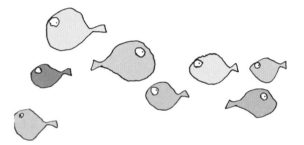

물풀들의 머리를
감겨주고 있는 중입니다.

전면광고 샴푸는 게거품표!

지금도 기억하고 있어요
시월의 마지막 밤을

웃음 짓는 커다란 그 눈동자
긴 꼬리에
우아한 비늘

초록물풀 향기 흩날리던 날

개천에서

우리는 만났소

나 그대에게 모두 드리리
터질 것 같은
이내 사랑을

아리송해
아리송해
지금 한 당신 말이
아리송해

저 푸른 초원 위에
그림 같은 집을 짓고
사랑하는
우리 님과
한 백년 살고 싶어

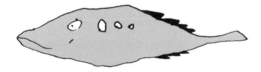

가슴이 찡하네요 정말로
눈물이 핑도네요 정말로

나는 아직 사랑이란 모르지만
난난난 믿는 것은 그대뿐

날 보러 와요

날 보러 와요

날 보러 와요

돌 모퉁이 바로 돌아

그대 집 있거늘

무얼 그리

갈래갈래

깊은 물길 헤맸나

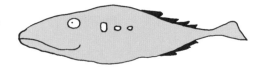

사나이로 태어나서
할 일도 많다만

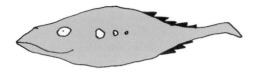

사랑해 당신을
정말로
사랑해

이름도 몰라요
성도 몰라
처음 본
끄리 품에
얼싸 안겨

만나면 반갑다고 뽀뽀뽀
헤어질 땐
또 만나요
뽀뽀뽀

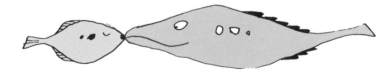

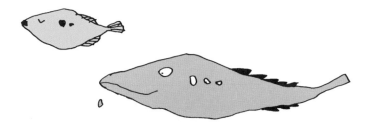

사랑 사랑 누가 말했나
바보들의 이야기라고

내게는 정말 아름다운
추억이었어.

하지만 이제 나는
그녀를
만날 수 없네.

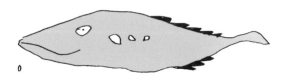

영원히!

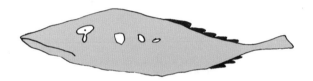

아 나는, 나는
어느 날

너무나 굶주린 나머지

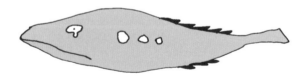

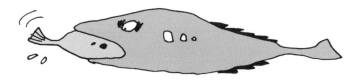

잡아먹어버리고 말았거든.

그 후로 나는 더욱

유행가에 심취했지.

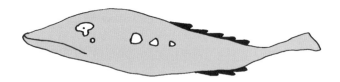

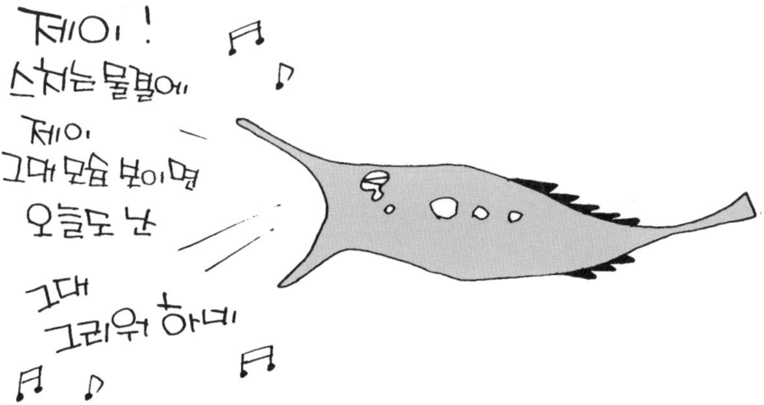
제이!
스치는 물결에
제이
그대 모습 보이면
오늘도 난
그대
그리워 하네

싸부님

여기는 정말 지식이 넘쳐 흐르는

물고기들만 살고 있어요.

제가 아는 어느 물고기는요
특히 어학에 천재적인 소질을
가졌는데요.
한글이나 한문보다는요

영어에 아주 능통해요.
암놈이죠.
중학교 근처에 살고 있어요.

국산이라면

무조건

A～

시시해.

외제라면

무조건

IU～

멋져.

심지어는

왜 E렇게 배가
고플까.
갑자기
EDOP아 산(産)
G령E로 만든
튀김 요리가 먹고 싶어G네.

그러다 완전히

자기 도취에 빠져버리면

갑자기 시심(詩心)E

발동하G 뭐야.

G금 그 사람 E름은 잊었G만
그 눈동자 입술은 내 가슴에 있네
바람E 불고 B가 올 때도
나는 저 U리창 밖 가로등 그늘의
밤을 잊G 못하G
사랑은 가도 옛날은 남는 것
여름 날의 호숫가 가을의 공원
그 벤치 위에 나뭇잎은
떨어G고 나뭇잎은 흙E 되고
나뭇잎에 덮여서
우리들 사랑E 사라진다 해도
내 서늘한 가슴에
해브 예쓰!

귀여운 꼬마 올챙이야. 내가 네게
한문이라는 것을 가르쳐주마.
한문은 매우 복잡하고 어려운 것이니까
정신을 바짝 차려서 배우도록 해라.

저게 바로 입을 뜻하는

글자로서 구라고 읽는다.

(입 구)

입 구(口) 자 밑에
물 수(水) 자를 덧붙이면
침흘릴 곌 자가 되지.
그러니까 저런 글자가
셋이면 곌곌곌이라고 읽는다.

(침흘릴 곌)

저건 보통 가운데 중(中)이라고들
하지만 낚시꾼들은
입닥칠 쉿 자로 읽는다.
입에다 손가락을 갖다 댄
모양을 하고 있지 않니?

中
(입닥칠 쉿)

그다음 입 구(口) 자에

큰 대(大) 자

그 밑에 고기 어(魚) 자를

덧붙이면

메기 메 자가 된다.

메기는 입이 큰 고기니까.

(메기 메)

저건 입벌릴 쩍
입 구(口) 자에
열 개(開) 자를
합한 것이지.

喁

(입벌릴 쩍)

그 다음은 입 구(口) 자에
바늘 침(針) 자를 합쳐서
입질한다는 뜻으로 깔짝거릴
깔 자가 되고, 그 아래
막대기 옆에 마디 촌(寸) 자를
합친 글자는 찌 찌 자란다.

口針
(깔짝거릴 깔)

寸
(찌 찌)

저건 입 안에 바늘이
들어가 있으니까
꿀꺽 삼킨다는 뜻으로
삼킬 꺽이지

(삼킬 꺽)

그리고 바로 위에 있는
글자가 고기 어(魚)
그것을 거꾸로 쓰면
뻗을 뻗 자가 된다.
뻗을 뻗 자가 넷이면
떼죽음 떼 자가 되지.

(뻗을 뻗)

고기 어(魚)에 밥 식(食)은
미끼 끼 자란다.
원자탄, 떡밥, 지렁이, 구더기
등속을 뜻하는 단어지.

餗

(미끼 끼)

고기 어(魚) 매울 신(辛)

불 화(火) 석 자를

합하면 매운탕 탕 자고

그 밑에 있는 것은 날 생(生)

자에 칼 도(刀) 자가 합해져

회칠 회 자.

(매운탕 탕)

(회칠 회)

끝으로 미칠 광(狂)

사람 인(人) 고기 어(魚)가

모여서 된 글자가

낚시꾼 꾼 자다.

癲

(낚시꾼 꾼)

문장을 한번 만들어볼까?

숫찌깔메겔끼쩍꺽

뻘메꾼회탕!

해석하니 영락없는 한 편의

단편소설이로군.

그렇다면 나는

최초의 한문소설을 쓴

물고기가 아닌가.

그대도 해석을 한번 해보시라.

아니꼽도다
지식이라는 것이여.

메스껍도다
문화라는 것이여.

외워서 득될 것이 무엇이며,
내세워서 돋보일 게 무엇인가.

알고 있는 사실을 자랑삼기 이전에
알고 나서 버려야 함은 왜 모르나.
시력이 나쁜 사람일수록
두꺼운 안경을 쓰고 있다는 말,
그 옛날 노인과 동자의 문답 속에서
들은 적이 있다네.

기차다!

세상 물고기들아,
들어보소.
싸부님 말씀 하나도
그르지 않네.

항시 해와 달이
동쪽에서 뜨듯이
아름다운 참뜻 또한
동방에 가득하네.

아는가, 그대여

건곤감리 청홍백(乾坤坎離 靑紅白)

아무래도 한국이

넘버원이G!

외제라면 무조건 몫몫몫(겔겔겔)

하지 마오.

어느 날 까만 올챙이는 허세와 자존심으로 가득 찬 물고기 한 마리를 만났는데, 소개하자면 그 이름도 찬란한 피라미.

자신은 결코 올챙이나 송사리 따위에 비교되어질 수 없으며, 인간들이 하찮은 존재들을 피라미에 비유해서 표현할 때마다 격분을 감추지 못하겠노라고 열변을 토하기 일쑤였더라.

마른 장작일수록 화력이 좋고, 작은 고추일수록 맵다는 속담을 언제나 들먹거리는 이 친구는 툭하면 발칵 화를 내곤 하는 단점을 가지고 있는데, 아뿔싸 송사리가 그만 그의 자존심을 건드렸으니……

으 으 으

치가 떨린다.

이런 수모를 당하고도

참아야 하다니.

조상이
원망스럽다.
조상이
원망스러워.

무슨

억울한 일이라도

당하셨나요?

당했지.

글쎄 말이다, 송사리란
놈이 말이다.
날 보고 뭐랬는지 아니?

몰라요.

피라미라고 했단 말이다.

하지만 아저씨는
피라미잖아요.

그러니까 더욱 울화통이
터지는 거지.
이 답답한
올챙이 놈아!

인간들처럼 교양 없는 동물들도

다리가 없는 사람 앞에서는 절름발이라는 말을 피하고,

얼굴이 얽은 사람 앞에서는

곰보라는 말을 피한다는데

날 보고 피라미라고?

적어도 나는 수왕어(水王魚)라든가
황제어(皇帝魚)가 아니면

하다못해
민물 고래 정도로라도 불려지고 싶단 말이다.

그러고 보니 싸부님과
나도 지금까지
너무 수모를 당하며
살았구나.

올챙이라니!
당치도 않다.

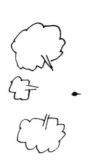

최소한 싸부님은 백룡(白龍),
나는 흑룡(黑龍) 정도로는
불려져야 옳지 않은가.

흥! 네가 잉어라면서? 나는 흑룡(黑龍)이야.

어(魚)와 용(龍)은 그대로 하늘과 땅 차이라구.

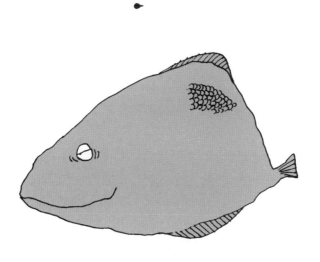

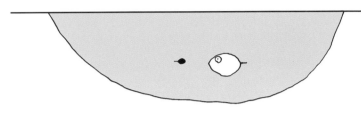

다시 달 속에서 문답하는 시간이다.

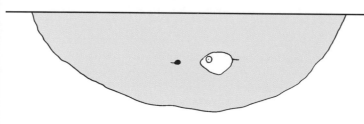

그동안 공부를 좀 했느냐.

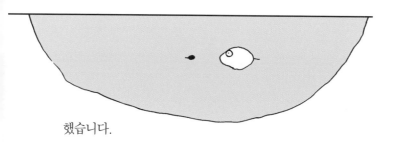

했습니다.

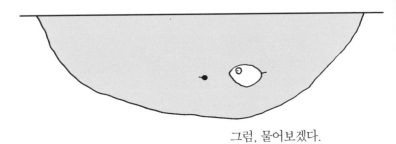

그럼, 물어보겠다.

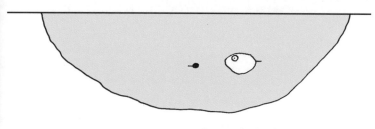

지금 물 속에 잠겨 있는 이 달은

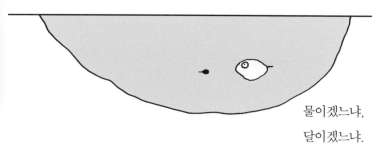

물이겠느냐,

달이겠느냐.

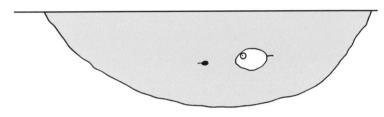

무엇을 꾸물거리느냐. 어서 말해 보아라.

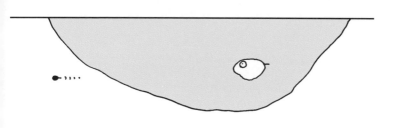

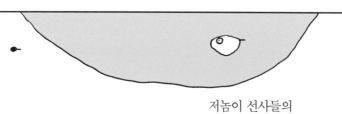

저놈이 선사들의

흉내를 내고 있구나.

냉큼 이리 오지 못할까!

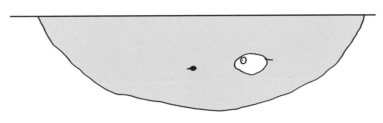

깨닫지도 못한 주제에 깨달은 이들의 흉내나 내다니.

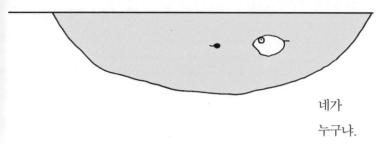

네가

누구냐.

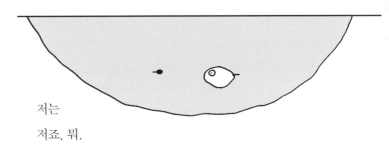

저는

저죠, 뭐.

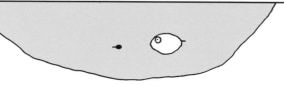

난 또 이상한 원숭이 새끼가
물에 들어와 올챙이 흉내를 내고 있는 줄 알았지.

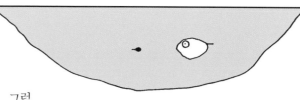

그럼
싸부님은 이게 물입니까, 달입니까.

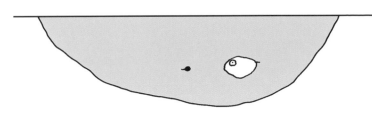

1234로 가고 4321로 오너라.

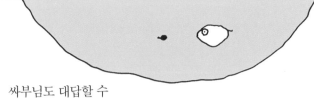

싸부님도 대답할 수
없는 것을 왜 제게 물으셨습니까.

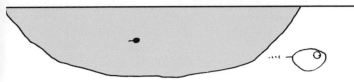

달을 가리키는데 손가락만
본다더니 네놈이 바로 그놈이로구나.

지쳤어.

1234는 뭐고

4321은 또 뭐야.

회의(懷疑)가 느껴져.

도(道)를 알아서
어쩌겠다는 거야.

올챙이는 어디까지나
올챙이지,
도를 안다고 정말로
용이 되는 건 아니잖아.

겨우 도사님 소리를 듣기 위해서?

그것도 자꾸 들으면 싫증이 날걸?

차라리 정상적으로 발육해서
개구리나 되어버릴까?

아니야, 그럴 수는 없어.

갈등

생기네!

하지만 당장 포기하고 나면
그다음엔 무엇을 하지?

할 일이 없군!

역시 삶의 목표가 있다는 건 좋은 일이야.

내가 도사가 된 후엔 반드시

오늘 느꼈던 갈등을 자서전에

써넣을 거야.

자가경구구축고타차
자가경구구야고타차
자가경구구축고타차
자가경구구야고타차
끊임없이, 중얼중얼

자가경구구축고
뭐더라?
그다음이 뭐더라?
자가경구구축고
자가…….

중얼

중얼

자가경구구축고타차

자가경구구야고타차

자가경구구축고타차

자가경구구야고타차

아주머니
이 동네 물고기들은
도대체
무슨 뜻 모를
소리들을
그렇게 중얼거리고
다니는 거죠?

중얼

중얼

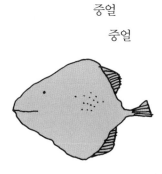

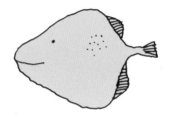

주문을
외우고 있는
거란다.

주문이라뇨?

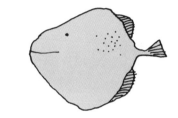

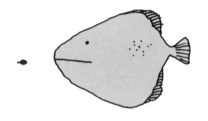

애 좀 봐.
아직도 넌
구원을 받지
못한 애로구나.
불쌍도 하지.

구원을 받지 못한 애라니
무슨 뜻이죠.

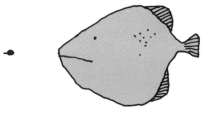

너도 오늘부터
어황(魚皇)님을
믿도록
해야겠구나.
내가 인도를 하마.

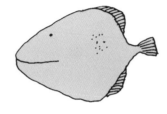

어황님을 믿고
날마다 몸과 마음을
정케 하고 열심으로
주문을 외우면
일만 근심이 사라지지.

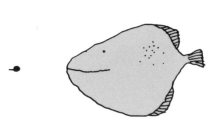

물론
소원도 성취할 수가
있단다.

어황님이 누군데요?

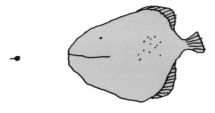

바로 이렇게 생기신 분이신데,

생긴 것과는

영 딴판으로

인자하시기

이를 데가 없단다.

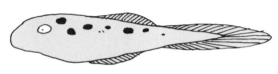

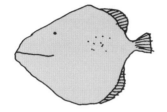

본래 태생은
가물치지만
신(神)의 계시를
받고 난 다음부터는
단 한 번도 살생을 하지
않으신 분이야.

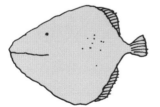

어황님께서는
심판의 날이 오면,
신의 뜻에 의하여
직접 자신이 그 심판의
역할을 담당하시게
된단다.

277

가물치가?

그럴 리가 없어요.

뭔가 이상해요.

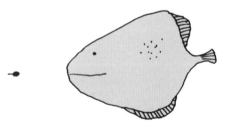

증거는 없지만요,
어떤 음모가
도사리고
있을 거예요.

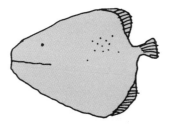

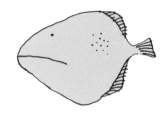

어머나,
어린 것이
불쌍도 하지.
벌써부터 마음이
비뚤어져 있구나.
쯧쯧!

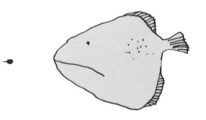

우리 어황님께서는
바로 너 같은 자들을
구원하기 위해서
이 바다에 오신 거란다.
쯧쯧!

어황님은 살생을 안 한다고
하셨는데, 그럼
무얼 먹고
사시나요?

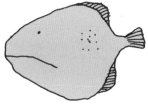

이틀에 한 번씩
신께 감사하는
뜻으로
얼마간의
제물을 갖다
바치는데

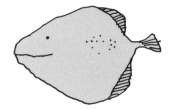

어황님은 거기서
아주 조금만
음식을 드시지.

교인들이 전부

얼마나 되는데요?

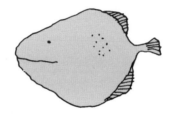

이 동네 물고기들은
거의가 다
교인이란다.

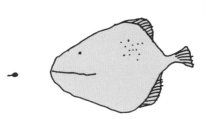

그 주문이란 걸
다시 한 번 외워보세요.

오!
너도 어황님을
믿기로 한
모양이로구나.
어황님의 놀라우신
권능이로다.

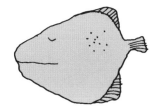

자가경구구축고타차
자가경구구야고타차
자가경구구축고타차
자가경구구야고타차

거꾸로 하면,

차 타고 축구 구경 가자

차 타고 야구 구경 가자

로군요.

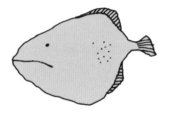

그럴 리가
없는데.

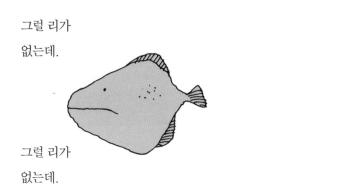

그럴 리가
없는데.

흥!
가물치가 살생을 안 하는 건
당연하지.
갖다 바치는 것만 먹어도
남아도는데, 뭣하러 애써 사냥을 다니남.

날마다 몸과 마음을 정케 하고
열심으로 그놈의 주문을 외우면
일만 근심이 사라진다고?

날마다 몸과 마음을 정케 하고
열심으로 가나다라마바사아를
거꾸로 외워보라지.
마찬가지로
대번에 정신이 통일되고
일만 근심이 사라질걸?

이제야 나는 알겠네.
우리 싸부님이
사이비가 아니라는
사실을.

내 너에게 축복을 내리겠으니
눈을 감도록 하라.

한 입에 덥썩!

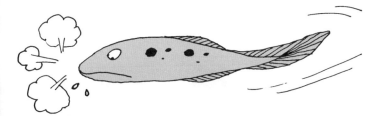

이것으로써 나는 오늘
다섯 마리의
물고기들을
천당으로
보내주었다.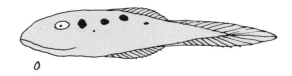

뚝지!
내 이름은
뚝지입니다.

에구 이 한심이!

얼굴이 좀
못생겼습니다.
제작 당시
원료가
좋지 않았던
모양입니다.

조그만 녀석들은
나를 보면
놀려댑니다.

수중의
옥떨메!

바보!

히

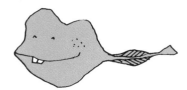

멍청이!

흐

못난이!

히히

머저리!

헤

얼간이!

히

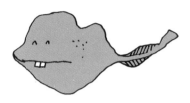

도라이!

흐

넌 왜 저런

하찮은

벌레 따위한테까지

놀림을 받니.

 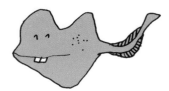

넌 자존심도 없니?

밸도 없느냐구.

언제나 히헤흐,

정말로 한심해.

표정 좀 바꿔봐.
남들처럼
신경질도
부리고
화도 내보란 말야.

나는 말이지.
다른 물고기들이 나를

놀리면서
즐거움을
느낀다는 사실이
즐거워.

그리고 말이지.

나는
그 물고기들이
내게 정직함을
보여줬다고 생각해.

자신에게 정직하게
구는데, 어떻게

신경질을
부리고
화를 낼 수가 있냐.

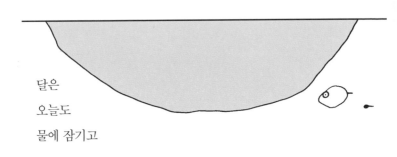

달은
오늘도
물에 잠기고

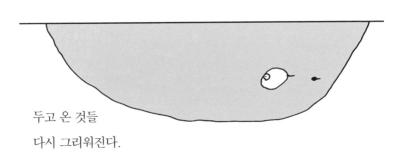

두고 온 것들
다시 그리워진다.

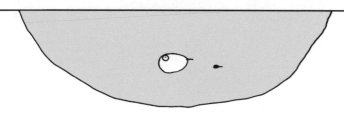

오늘은 여기서 만사를 잊고 잠들어보자.

콜콜.

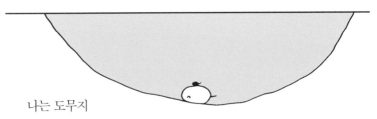

나는 도무지

번뇌 때문에 잠이 안 오는데 싸부님은 잘도 주무시네.

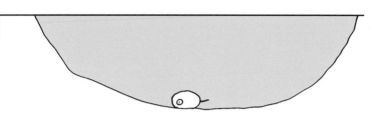

아니, 이 녀석이 어딜 갔지.

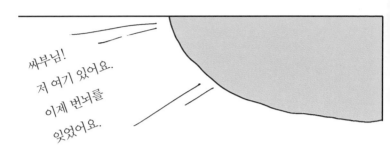

싸부님!
저 여기 있어요.
이제 번뇌를
잊었어요.

물에 잠긴 달을 이용해
미끄럼을 타고 있는
중이죠.

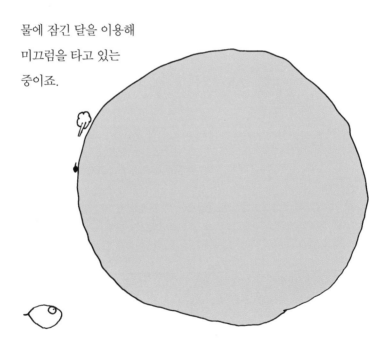

아침이면

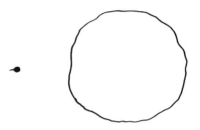

어김없이

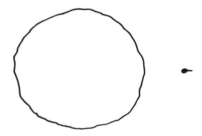

태양도
물에 잠긴다.

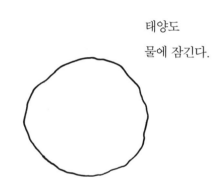

인간들이여,
그대들의 과학이

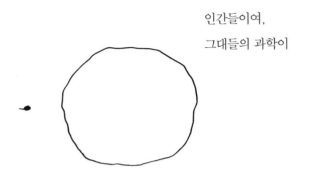

아무리
발달했다고
큰소리를 쳐도

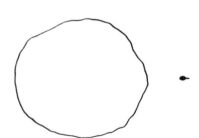

아직 태양을
정복하지는
못했다.

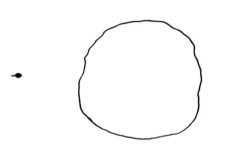

좀더
몸부림을
치세요.

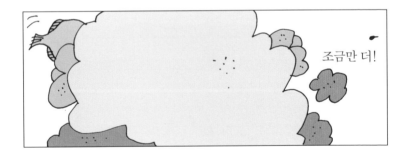

조금만 더!

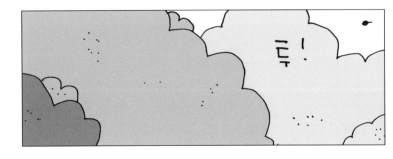

드디어 우리는 태양을 정복하는 데 성공했다.

싸부님.

언제쯤 바다를 향해

새로운 출발을

서두르실 건가요.

이제 저는 이곳에 대해서도
싫증이 났어요.
하루 빨리 바다를
보고 싶어요.

싸부님 생각은
어떠신가요.

바다로 가고 싶거든
우선 네 눈앞에 있는
물을 보아라.

물은 본시 무리함을 행치 않아서
재촉해도 경사가 완만하면
서두르지 않고,
재촉하지 않아도 경사가 급하면
서두르는 법.

닿는 것에 따라 조화를 이루어

언젠가는 바다에

이르느니라.

우리는 물 속에 살거니
물에다 스스로를 맡기면 그뿐.
절로 바다에
이를 것인즉

가서 어찌하겠다는 생각 없이
바다에 이르러
무엇을 하리.

물은 바다에 이르러
되돌아오지는 않는 것.
우리도 또한 되돌아오기
힘들 것이니

준비하라.
바다에 이르러 꺼내놓을
네 마음.

모든 성취에는 때가 있도다.
서두른다고
바다가 절로
네게로 오겠느냐.

요즘은 자꾸
제가 늙어간다는
생각이 들어서
그래 봤어요.

교회당 뒤뜰.
이제 물에 잠긴 나무는
영원히 꽃을
피울 수 없다.
꽃을 피울 수는
없어도
보름날이면
은혜로우신
하느님 사랑
어디나 가득하여

둥근 달 하나
커다란 빛의 과일로
열리고 있다.

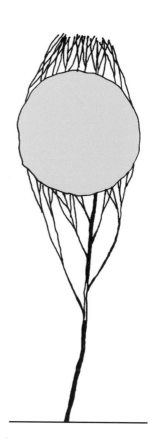

싸부님
저도 사랑을 하고 싶어요.

그런데 사랑이 무엇인지
몰라서 못하겠어요.

사랑이 무엇이죠.

주는 건가요?

받는 건가요?

사랑은 주는 것도 아니고
받는 것도 아니다.

그럼 어떻게 하는 거죠.

사랑은 다만 간직하고 있는 것이다.

그것은 온 우주에도

가득 차 있고

우리의 마음 안에도

가득 차 있다.

그것은 간직하고 있음 하나로 위대한 힘을 발휘하지.

마음 안에 가득 차 있는 경우 그것은
가장 아름답고 고귀한 것인즉
그 어떤 말이나 글이나
행동으로서도 제대로
표현할 수가 없지.

이미 마음 안에서 꺼내어 표현하면
그 순간에 그것은
변질되어지므로
표현되어지는 그 어떤 것도
사랑 그 자체는 아니다.

그런 거추장스럽고
답답한 걸
왜 간직해야 한담!

교회 부근에 사는 물고기.

무슨 이유에선지

항시 입을 다문 채
눈을 감고 다닌다.

어쩌다 가끔씩
혼잣소리로 중얼중얼.

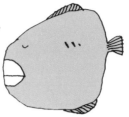

자세히 들어본즉

주여,
저 죄어(罪魚)들을
용서하소서.

그가 말하는
죄어들이란

 으하하

교인도 죽는다.
기분 좋다!

예수님이
물고기 두 마리로 오천 명을
먹여 살렸다고 인간들은
감복하지만
노아의 홍수 때는 하느님께서
오만 명도 넘는 인간을
물고기의 밥으로 삼으셨다구.

불신시대(不信時代)가 아니라 불신시대(不神時代)야.
나는 모두 다 믿을 수 없어.

*

아이 시시해.

하느님은
국산과 외제가
없다면서?
아이 흥미 없어.

교회 부근 어디선가
부패하는 냄새가 나는군.

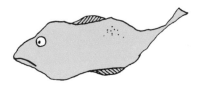

무엇을 하고
계시는지요.

명상을 하고 있단다.

명상을 해서 어디다
쓰시려구요.

깨달음을 얻어
보겠다는 거지.

그래 무슨 공안을
잡고 계시는지요.

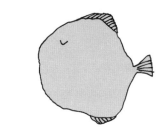

인간도 불성이 있는가
하는 공안이란다.

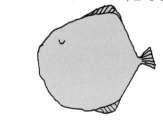

* 공안(公案)-불교에서 도를 터득하기 위하여 생각하게 하는 문제

어떻게 생각하시는지요.

인간도 불성이 있는지요.

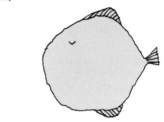

있지.

있되 남자만
가지고 있어.

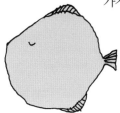

보다 구체적으로
설명해 주시지요.

불성이란 바로
불알도 성기라는
말이 아니겠느냐.

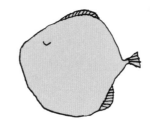

뜻하지 않은 자리에서
뜻하지 않은 도사를 만나
뜻하지 않은 깨달음을
얻었도다.

정말 깨달음이란
별것도 아니로구나.

싸부님을 만나면
으스대리라.

저기 계시는군.

불알도
성기다

불알도
성기다

호적초본에

잉크도 채

마르지 않은 것이

발칙하게

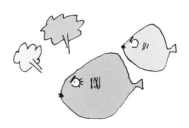

도덕가인 체하는 우물고기들이여.
너무 그렇게 나의 제자를
탓하지 말라.
그 말이 외설스럽게 들리는 것은
그대들 마음속에 외설스러움이
있기 때문이로다.

그럼 불알(佛卵)이
　　성기(聖器)가 아니고
　　무엇인가.

애야, 이건 요가라는 거란다.
너는 너의 사부님을 상당히
존경하는 모양이지만
내게 비하면
아무것도 아니지.

어지간하면 너도 마음을 고쳐먹고
내게로 와서 수도를 하는 게
어떠냐?
금방 도통할 수
있단다.

내 폼을 보렴.
하루이틀에 되는 게
아니란다.
뭔가
신통력이 있어
보이지 않니?

저는 별로 감동을
못 느끼겠는데요.

그래?

그렇다면 좋다.

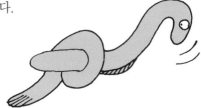

자 어떠냐?

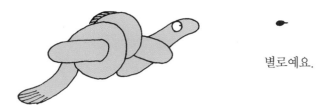

별로예요.

이래도 별로냐?

별론데요.

자, 이래도? 이래도?

앗!

안 풀어지네.

하찮은 재주 몇 가지로
어찌 도통할 수 있으랴.
얽히고설킨 모습으로
도통할 수 있다면
차라리 헝클어진 실타래를
스승으로 모시겠네.

깨달음을 목적으로 수도하다가
몇 가지 삿된 능력만 생겨도
도사인 척하는구나.
뱀장어가 몸을 자유로이 뒤트는 일쯤
모기가 앵 소리 내는 재주와
뭐가 다르랴.

누구에게든 신통력 따윈
얼마든지 잠재되어 있는 법.
다만 개발되지 않았을 뿐이로다.
보라.
나도 이 작은 꼬리 하나만으로
수백 리를 헤엄쳐 다닐 수 있도다.

물 표면에는
물땡땡이

물 가운데는
줄납자루

물 밑바닥에는
달팽이

물 표면에 너무
집착하다 보면
새의 먹이가 되기
십상이고

물 가운데 너무
집착하다 보면
수면 위에 떨어진
벌레를 놓치기
십상이며

땅바닥에 너무
집착하다 보면
흙밖에는
먹을 것이
없게 된다.

마찬가지로 인간은

육체와

정신과   영혼의
결합체인데,

이 모든 것을
다스리는 기관이
곧 마음인 바
그 어느 것 하나에만
너무 집착하는 것은
옳지 않다.

육체에 너무
집착하면 정신과
영혼이 굶주리고,
정신에 너무 집착하면
육체와 영혼이
굶주리며,
영혼에 너무
집착하면
육체와 정신이
굶주리게 된다.

특히 인간은
너무 현실세계에만
집착하는 경향이
있어, 하늘의 뜻을
잊고 사는 일이
허다하다.
육체와 정신과 영혼
모두를 쇠하게 만드는
일이 아닐 수 없다.

싸부님
싸부님께서도 종교라는 걸
가지고 계시는지요.

물론이지.

하지만 나는
무교회주의자이며
무사찰주의자다.
신(神)이 마음 안에
있듯 성전도 마음 안에
있을 뿐이야.

누구를 믿으시는데요?

물론 우주만물을 창조하신 분.

이름이 뭔데요.

창조주는 원래
이름이 없어.
있다면 인간이 지어낸
것일 뿐이지.

그럼 싸부님께서 믿으시는 종교는
기독교인가요,
불교인가요,
아니면
다른 어떤 종교인가요.

나는 세계의 종교를
통합해 놓은 그 하나의 종교를
믿는다.

바로 창조주 스스로가
직접 주관하시는 종교다.

나는 인간이 만들어놓은
종교는 믿지 않는다.

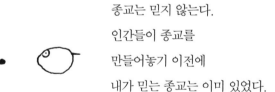

인간들이 종교를
만들어놓기 이전에
내가 믿는 종교는 이미 있었다.

그게 무슨 종교인데요.

원래부터 있었던
모든 것은 원래부터
이름이 없었느니라.

예수도 석가도
장자도 마호메트도
한 곳에서 왔지만
가는 길은 다르다.

그러나
가는 길은 달라도
닿는 길은 같다.
나는 내 길을 내어
거기에 닿을 것이다.

본디 종교는 하나다.

다만 마음으로만 느끼면 그뿐

아무런 언어도 필요치 않지.

그런데도 인간들은
왜 그토록 많은 성전과
신들이 필요했을까요.

그것이 바로
죄의 증거니라.

우리가 무엇을 미워하고
무엇을 사랑하리.
보이는 모든 것이 눈물겹고
들리는 모든 것이
눈물겨워라.

그대여
만약 그대 눈에 미운 것이
보이면
그대 스스로 그 속에 들어가
볼 것이로다.

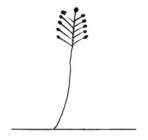

덧없이 흘러가는
세월이여 꿈이여

깨달음이 없어도 좋으리니
우리에게 만물을 사랑하는 그 마음만
키워다오.

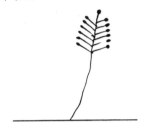

오늘은 붙잡을 것 없이 흔들리나
이것이 본래의 나는 아니로다.

물풀이

　흔들린다 해도

　　틀린 말

물결이 흔들린다 해도

　　틀린 말

그대들 마음이 흔들린다고 혜능 선사(禪師)는 말하겠지만
내게는 그 또한 틀린 말.
나 같으면 무엇이 흔들린다 말하기 전에
흔들리지 않는 것이 무엇인가 찾아보겠네.

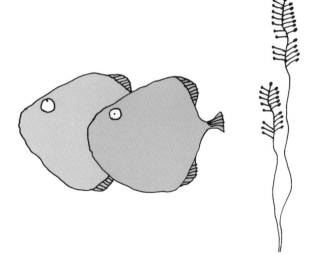

그러나
말해 놓고 나서도
모르겠군.
흔들리지 않는 것이
무엇인지.

때로는 바로 눈앞에
있는 듯하고
때로는 천리나 멀리
있는 듯하니.

도가 뜰앞에 잣나무라는 말은
무엇이며,
부처님이

똥막대기란 말은
무엇인가.

바다에 다다르면 혹시
깨달을 수 있을지.

도라는 것을 손안에
쥘 수 있을지.

발심(發心)이 좋아서
시작은 해보았지만
도여 바다여
멀기만 하구나.

그 옛날 강원도 어느 두메산골

내가 작은 웅덩이 속에 살고 있을 때

노인과 동자가 문답하던 중

노인이 동자에게 읊어주던 시(詩) 한 수가 생각난다.

무엇이 도이고 무엇이 개냐
내가 도를 말하기 전에
도는 이미 있는 것
도개걸윷모가 모두 도인데
사람들은 윷가락을 던지면서
모야 모야라고만 소리치누나.

그렇다면 혹시 내가 찾아 헤매는 도는
진정한 도가 아닐는지도 모른다.
내가 찾아 헤매는
바다 또한
진정한 바다가 아닐는지도 모른다.

마음속에 내가 만들어놓은 도
내가 만들어놓은 바다에
가리워져
진정한 도와 진정한 바다를
보지 못하고 있는 것은 아닐는지.

나는 오늘부터
마음속에 있는
잡동사니들을
모두 비우는 일부터
시작하리라.

그대여,
그대는 이것이 무엇인지 알기 위해
이 속에 한 번쯤이라도
들어가보았는가.

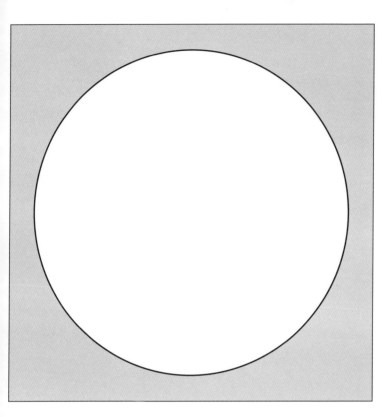

가득 차 있다고 말하지 말라. 이것은 텅 비어 있는 것이다.

텅 비어 있다고 말하지 말라. 이것은 가득 차 있는 것이다.

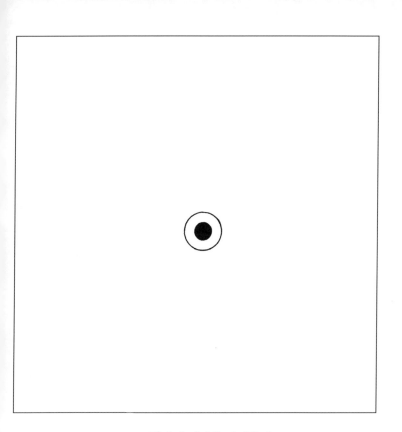

그렇다면 이것은 어떠한가.

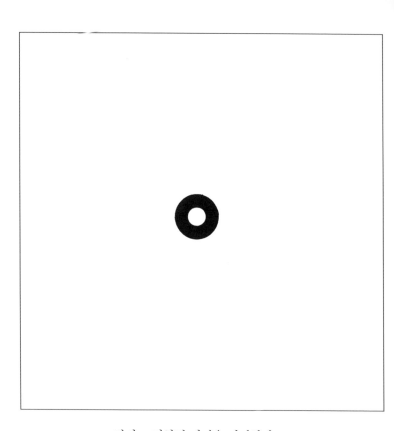

그것이 그러하면 이것은 어떠한가.

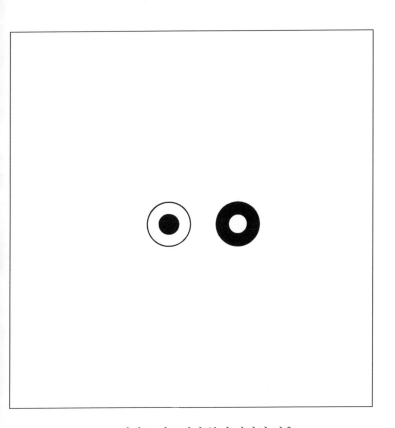

보기에는 다르지만 본디 하나인 것을.

무엇이 도이고 무엇이 개냐
내가 도를 말하기 전에
도는 이미 있는 것
도개걸윷모가 모두 도인데
사람들은 윷가락을 던지면서
모야 모야라고만 소리치누나.

끝

당신은 이 책을 헛읽었는지도 모릅니다.

ㅓㄱㄹㄷ

열려 있는 세상, 열려 있는 가슴으로

인공댐호 속에 빠져 있는 서른아홉 내 부패한 생애를 들여다보며 한 해의 여름이 갔습니다.

깨달은 것은 아무것도 없습니다. 힘들고 눈물겨운 세상, 나는 오늘도 방황 하나로 저물녘에 닿습니다.

두 번째의 『사부님 싸부님』은 제 힘으로만 만든 것이 아닙니다. 망가질 대로 망가진 육신, 수시로 앓아눕는 내 머리맡에 뜻깊은 격려와 사랑의 뜻으로 날아오는 독자들의 엽신, 언제나 감사하는 마음으로 소중히 간직하고 있겠습니다.

출판사로 또는 개인에게로 보내주신 수천 가지 하얀 올챙이의 이름들은 모두 청명한 밤하늘에 가득히 빛나는 별들에게로 보내고,

그저 이름없이 그렇게 떠다니도록 버려둔 제 소치에 대해서는 송구스러움을 금할 수가 없습니다.

열려 있는 세상, 열려 있는 가슴으로 살도록 항시 노력하겠습니다.

흐린 날에는 흐린 대로 습기에 젖고 맑은 날에는 맑은 대로 햇빛에 젖어 제가 만드는 언어의 입자들이 다시 그대 가슴까지 전하여져 감동으로 새로이 젖을 때까지.

1984년, 이외수

이 책은 『사부님 싸부님 2』(영학출판사, 1984)을 컬러링하고 재편집한 개정판입니다.

사부님 싸부님 2

초판 1쇄 1984년 12월 20일
개정판 1쇄 2009년 12월 10일
개정판 2쇄 2009년 12월 30일

지은이 | 이외수
펴낸이 | 송영석

편집장 | 이진숙 · 이혜진
기획편집 | 차재호 · 김정옥 · 정진라
외서기획 | 박수진
디자인 | 박윤정 · 박새로미
마케팅 | 이종우 · 한명회 · 김유종
관리 | 송우석 · 황규성 · 전지연 · 황지현

펴낸곳 | (株)해냄출판사
등록번호 | 제10-229호
등록일자 | 1988년 5월 11일

서울시 마포구 서교동 368-4 해냄빌딩 5 · 6층
대표전화 | 326-1600 **팩스** | 326-1624
홈페이지 | www.hainaim.com

ISBN 978-89-7337-229-4
ISBN 978-89-7337-227-0 (세트)

영혼에 찬란한 울림을 던지는 이외수의 시와 에세이

이외수의 소생법

청춘불패

그대가 그대 인생의 주인이다
영혼의 연금술사 이외수의 처방전

이외수의 소통법

여자도 여자를 모른다

사랑을 잃고 불안에 힘들어하는 이 시대에 보내는
영혼의 연금술사 이외수의 감성예찬

이외수의 사랑예감 詩

그대 이름 내 가슴에 숨 쉴 때까지

사랑함에 느낄 수 있는 여덟 가지 감성
이외수, 사랑과 그리움의 미학

이외수 명상집

사랑 두 글자만 쓰다가 다 닳은 연필

사랑보다 아름다운 말이 어디 있으랴
이외수가 노래하는 애틋한 사랑의 미학